白昼夢

金子 奈緒美

一編の詩はたかが一編の詩と侮るなかれ。
それは百ページの小説を凝縮したものでもある。

目次

昭和四十一年一月五日
文芸同人誌「同行」に載る。

舌

この舌は誰のものか
偽りの唾を盛り
吐き散らしてきた
過去の量は誰に負うべきか
舌の奥の血のたぎりは誰のものか
偽りつつ過去を養ってきた

その量は誰が負うのか
真実は胸の底に脳髄の中に
過去にも欺かれず未来にも犯されずに
あるというのに
虚偽の袋に流れ出る偽りの血を
もてあましながら
なおも
真実を舌の先にくるめて
偽りの唾を吐く

この舌は誰のものか…

昭和四十一年一月三十日
西日本新聞の読者文芸欄に載る。
「野田宇太郎様」選

沖縄

はるか南の方にきしむ音はなんだろう
海を越えて山脈を縫うて
うねり高まる潮騒のひびきは
何をもってくるのだろう
九州の片隅に私の胸に

連綿と続く悲しみのページを開く
あなたの正体はなんだろう
翼をもがれた鳥の血潮が匂うのだろうか
主のない翼だけが天駆けるのだろうか
遠い島よ
あなたの地図を見せてほしい
あなたの傷口に触れさせてほしい
遠い島よ
怒号はすすり泣きは海を越えて私を包む
やがて…
日本中を包む

昭和四十一年三月二十日
文芸同人誌「同行」に載る。

水

水盤の水の
ピーンと張った命がほしい
つつけばひろがる波紋を
ピタッと残したい
うつる映像にしがみつきたい
この命を水の中に凍結させて

真夏の太陽に
ゆらゆらと蒸発させたい

昭和四十一年五月五日
文芸同人誌「同行」に載る。

悪夢の街

さまようた
あれは悪夢の街だったのだろうか
濡れた舗道がじっと私を見詰めて
糸のように延びよ延びよと叫び
電車の重みが水滴を飛ばして
つぎつぎに背中を走る

雨の降りやんだレールの真ん中に
伸びてひしゃげた長い長い足を
まばゆい朝の陽が昼の陽が西陽が
泳いでいった
干涸びた喉の渇きは夢…だったのだろうか

昭和四十二年六月十日
「門」詩友会に載る。

末娘

可愛い可愛いはずの末娘が
ときどき、ふっといなくなる
目を開けて見れば横にいるのに
心が沈むと独りきりになって誰もいない
はっと気がついて見ると
五つの娘はさみしそうに

異様な母の顔を眺めている

知らないうちに気づかないうちに
独りの慣れがしみついた母の横顔を
娘よ　あなたは忘れてほしい
そして
はっと我に返る瞬間を
もっともっと短くしてほしい
娘よ

昭和四十二年八月十日
「門」詩友会八月号に載る。

小さな慟哭

誰もいない自分だけの昼間
そっと覗いたら
人は首をかしげただろう
小さな慟哭を思い出す
それは
山の中の墓場に住んでいた私だったから

誰も知らないし話したこともないはず
だから亡霊と暮らしていたからって
ちっとも可笑しくなんかないはず
私の母だったのだから
いつも夕暮れどきの
おなかがすいてひもじいとき
冷たい石の上の落葉をとって指で毟りながら
母ちゃん母ちゃんと喚いていると
母ちゃんは
いつのまにかすっと側に来て抱いてくれた

そんなときにはすぐに
やわらかいマンヂュウをふかしてくれた
ほかほかした湯気のなかで
にっこりと笑った母ちゃん
亡霊だからって誰も信じなくてもいい
山のなかの墓場で亡霊の母ちゃんとふたり
楽しく暮らしてきたのだった

そして誰もいない昼間
山の中の墓場で亡霊の母ちゃんの亡霊に
別れを告げたときの
小さな慟哭を思い出したんだから
せめて　この昼間
誰も笑わないで…笑わないでほしい

昭和四十二年十月五日
「門」詩友会十月号に載る。

潮騒に濡れて

薄暗い松林で
親子三人嘆いたのは
去年の夏でした
青い波のかなたから
夕陽が幼いあなたを招いていました
母は娘と手をとりあうて

夕暮れの波のなかに一歩二歩沈んでいき
やがて腰のあたりまで浸かりました
後ろで五つのあなたは
目を裂けるほどあけて帰る帰ると叫びます
まるい頬を涙がぽろぽろこぼれています
母と娘の目の下の夕陽に輝いた波の上を
五つの恐怖が駆け巡ります
灯台が小さく白く見えました
右手に国東半島がぼんやりと浮かんでいます
それはなにかの影のようでした

昭和四十二年十二月十二日
西日本新聞の読者文芸欄に載る。
「安西均様」選

昼の海

ある日
暗い昼の海を見た
松の木の影が遠い沖の方にまで
かすかに続いた
その波の上で

踊り狂う不思議な
黒い　いきものを見た
ゆるやかなうねりを越えた
青い　青い彼方の
揺れ動く思念の果てに
拉致された私の
それは怨念が踊るのか

昼の海は
たしかな暗さを
あのとき私に見せたのだ
穏やかな波の上で踊り狂うた
あの黒い　いきものは
たしかな震えを
あのとき私に与えたのだ
誰も見ていないと思って
昼の海は
あのとき私に…見られたのだ

昭和四十三年六月四日
西日本新聞の読者文芸欄に載る。
「安西均様」選

対話

この疑いの消えるときに
私の愛が蘇るというのか
昔　その昔
抜き差しならない所にまで追い詰めておいて
この疑いを育てるあいだの長い歳月を

見捨てておいて
この疑いの消えるときに
私の愛が蘇るというのか
かつて試されたことのない
心の葛藤を与えておいて
かつて強いられたことのない
不毛の大地をひろげておいて
そしてあなたは私に宣言したのだ
まず信ぜよ　と
その後に愛を与えるであろう　と
果てしのない谷間の裂け目にむかって

どれだけの時の刻みが重なりあい傷ついていかねばならないのか
私の愛が蘇るときに
捨てねばならぬ疑いをもった
はるかな時間は
ひそやかな温もりを求めて
いつ飛び立つのであろうか
神よ…

昭和四十三年七月十日
「門」詩友会に載る。

夜汽車

夕方
汽車の汽笛が鳴ると
なぜだか知らないがむしょうに淋しい
呆けた目をして
汽笛のいく空を眺める
おおかた私の心には柱がないのだ

風が吹けばがらがらとくずれ
ふたたび立ちあがることもできない

行き着く先の当もなくて
夜汽車に乗って窓から眺めた
はるかな灯
かなしさを頼りなさを横の人は
「どこまで行きますか」という
そのかなしさはやはり小さな穴で
無数の穴はだんだん大きな穴になる

大きな穴はいつも私に蹲る
追い出してもこちらが逃げ出しても　ダメ
穴はぽっかりと口をあけて
心のなかを占領する

昭和四十三年十一月十日
「門」詩友会十一月号に載る。

絶望　その昼

夕暮れといっても真昼とかわりはしない
夜明けといっても
なおさら真昼とかわりはしない
真夜中にでも真昼の幻影が絶望をだぶらせ
異次元の世界に夜明けまで彷徨わせる
きらめく太陽の下の

遥かな海のかなたに揺れ動く黒い影の
踊り狂うあの黒い…いきものは
真夜中の怨念か果てしない思念か
拉致された空間に広がっていく
それは真昼の絶望か
己の闇に蹲る幻想の海か
夜も昼もなく踊り狂うあの黒い…いきものは

じつは自分なのか？

昭和四十四年一月二十四日
西日本新聞の読者文芸欄に載る。
「丸山豊様」選

洗礼式

赤いしたたりを受けよ
主の御聖体を受けよ
くちびるに
この赤い肉のうえに
あなたの疑いを捨てて

あなたの猜疑心を捨てて
さーのせなさい
さーお呑みなさいと司祭は迫る
ろうそくの炎のゆらぐ祭壇の前で
あなたは立って
あなたは跪いて
神様の愛を私にふりそそぐ
とどめようもない熱い心の中で
息苦しくとろけていく御聖体に
私はやがて骨肉の愛を悟るのか

神様の愛を悟るのか
兄である司祭よ
司祭である兄よ
黒衣の袖を大きくひろげて
私に迫る兄よ
私が立ちあがるその刹那
あなたの呉れたロザリオは

切れて
飛び散るのではあるまいか…
その瞬間が恐ろしい
兄よ

私の洗礼式はいつくるのか

昭和四十四年二月五日
「門」詩友会二月号に載る。

ふるさと

あなたは望郷の歌を拒み
山野に充ちる罵りと追放の声を響かせて
私の崩壊を見届けるつもりらしい
あれは何か？と林立する樹間に落下する私の
全身を揺らぎもせずふるさとの目で
あなたはじっと見詰めたいのだろう

そのとき橋の上から見るふるさとの全貌に
私の歓喜の日は幼時からなかったのだ
深い深い割れ目の底に
私を拒みつづけて流れる谷川の水よ
そこにひろがる一枚の絵おも
私は持たなかったのだ
荒れ裂けた唇をもって
点在するわら屋根を眺めながら
ここに立つ私の精神の原型は

あ…どこに求めよう

昭和四十四年六月十日
「門」詩友会六月号に載る。

夜明け前

どのような時間が過ぎようと
どのような歳月が流れていこうと
許すでない
許すことはならぬ　と
どこからか声がする
空よりは思わず

海よりは聞こえず
私をいつも苛むものは
ひそやかな自分の内なる声か
静かな夜のとばりのときも
深い闇のなかから聞こえてくる
確かな声は
しわぶきを増して
遠ざかる父の後ろ姿に向けて
許すでない
許すことはならぬ、 と追い続ける

確かめるすべをもつ
遠い哀しみの歌よ
いまもなお父を許さぬ
ひそやかな自分の内なる声を
眠りの底の父よ
あなたはどのように聞く…か
私を禁じるものよ
この闇のなかであなたを許す時間がほしい
老いたる父の胸のなかに
飛び込んでいけるような

暖かい血の許しがほしい
で　なければこの夜の底で
己れの命ずるままに私は死なねばならぬ
骨肉の論理に反して私を禁ずるものよ
夜の明けぬうちに
あなたの声が遠ざからないうちに

夜明けの鐘を聞かねばならぬ

昭和四十四年七月十日
「門」詩友会七月号に載る。

五月の朝

昨日と別れて
耐えがたいほどのこともない
今日と別れて流すような悲しみの涙もない
ゆっくりと思考する時間の
やがて去る明日も
流れるような歳月のなかの

どれほどの重みにもならない
懐かしむのは遠い戦慄であれば
熱線の上を歩くのも
新しい痛みでなければ
なにかを研ぎすまして待つ
戦慄はもう私には与えられない

現在え凝集しながら
静かに浸透していく未来えの虞れのなかで
いつまでも私をとき放さぬ肉の痛みよ

精神をがんじがらめにしたかつての歌は
もう唇からかすかにもれる音になって
無限の恨みも時のうつろいにのって
綿雲のようにふわふわと流れ
耐えがたいほどのこともない
流すような悲しみの涙もない
今日は五月の朝になった

昭和四十四年八月十四日
「門」詩友会八月号に載る。

沈黙のマント

どこかで
流浪の旅の終わりの果てに捨てられた
古びたマント
アラビアの童話とユダヤの神話が
絨緞もなしに風に乗って
どこから飛んだのか世界中をさまよう

山の彼方の空遠く海の彼方はなお遠く
流浪の旅も長びいて
ここにマントを捨てた人はどこに行ったんだろう…砂嵐
のなかに消えたのか
茫漠として果てしない砂の起伏の下で埋まっているのか

もう絨緞もない飛ぶこともない
世界中をさまようこともない
でもマントの主はどこに行ったのか

…ここ…ここ…とどこからか骨の拳でも振り上げてほしい

潰れた喉から鼻腔を塞ぐ砂を吐き出し
一生ぶんの喚き声をこの砂の起伏の上に
わーっとひろげてほしい
絨緞もなしに世界中をさまよい
古いマントを捨てた人よ
墓碑銘もなく
ただ花びらの一枚もなく…

相克

己れが己れと相克しながら
深い内面をえぐり出そうとする
無益な時間と
その無益のなかに血と内臓がまじりあい
くたくたになる瞬間…瞬間の連続が
どれだけ続いたか…

ペンを持つ手の震えと

空しい時間の浪費をものともせず
際限もないくらい
無為とともに脳内をかけめぐり
そこにある血液をさんざんに踏み躙る

そのあげく脳の萎縮がはじまり
あ…と止まったペンを投げ捨てて
宙をさまよう視線の先は
もう何かを構築するひらめきもなく
無為と無益のなかに埋没する時間だけが
ただえんえんと続く

やがて己れと己れの相克が
相対した睨みあいに疲れて首は項垂れ
最後は失意の長い長い溜め息になる
あ…授かりたかった光芒の輝きは
夢想か幻想のなれのはてで
ついに終焉か
絶望のふた文字で相克はようやく終わる

昭和四十四年九月二十日
西日本新聞の読者文芸欄に載る。
「長谷目源太様」選

那覇市内

公園のなかはからっぽで
その前の道をすこしばかり歩いて
国際通りえ出ると
たくさんの人通り
そこから…どこかを通って

ひょいと出たところが
もの悲しいブルースの流れる
占有バー街の入り口だ
そのときトランペットの音色に追い回されて
いま来た道を戻るか
ちょっとでも覗いてみたい好奇心にかられるか　さー
どっちだろう
どこからか金属音が追いかけてくる
ビールの泡が流れてくる
ジャックナイフが飛んでくる

小さな小さな出口から飛び出たところが
金網の前のここも那覇市内
うす暗くなりかけて
それでも金網の光りひろがっていく
ここも那覇市内
金属質の絶対的空間から先は
薄闇のベールにつつまれたような広い視界が
なんとなく不気味にひろがり

手を伸ばそうにも届くはずのない空間に
視野も及ばないその先のきな臭い匂いの渦が
激しく旋回する
紛れもない…そこもオキナワ

昭和四十五年一月十八日
「門」詩友会に載る。

あまのじゃく

月がこんなに身近になったので
もう月えの憧憬なんてやめにしょう
そして月をながめて涙を流した昔の想い出も
木で作った箱につめて
台風の日に海に流そう
世界の核実験からのがれるために

私の分身よ海のなかで水づく屍なんて
それなら火をつけて燃やしてしまえ
燃えていくのは青春の日の残り火だけで
すさまじい爆音の下ではないから
戦火なんてどこか遠い所のことだろう
消えていくのは理想えの憧憬だけで
炎のなかで灰になる私の分身よ
今でも崩れ落ちた煉瓦べイの下の草むす屍の
そこから下の崖にむけて
つき落してしまおう
それから後は心の襞の波打つままに

月にもいつか無関心になって
昔の想い出も紙で作った箱につめて
やっぱり台風の日の海に流そう

昭和四十五年二月十二日
「門」詩友会に載る。

墓地

造花だけがきらびやかで
松の木の下の墓地は
風が荒れ狂うています

新しい死人　そうでしょうか
ご飯茶碗がひとつ

なかのご飯は夜な夜ななくなるそうです

新盆の丸い形の墓の土が
崩れ落ちるようなことも
聞いたような泣き声もなくなる
それも墓地を松の木に守らせたからです

夜な夜なマッチとライターまで持って
灯を付けに来る人がいるというのに
灯はすぐに消えるらしいのです
足音もすぐ消えます

ところどころに
枯れ落ちた松葉がひっかかった
造花だけがきらびやかで
松の木の下の墓地は
いつも風が荒れ狂うています
その風にきらびやかな造花のかけらが飛ぶそうです
昼に…でしょうか
夜に…でしょうか

昭和四十五年三月十五日
「門」詩友会に載る。

さまよえる人ら

はるか彼方の夕焼けが
木と木の炎を呼び合うて爆ぜる音にもなる
小さな煙の這うていく緑の小枝も
夕日をうけた川底の小石の
日向臭い匂いのそこでは
流れる水もなく

兄弟よ　渇くしかないのか

とらわれていく妄想のなかの夕焼けであれば
たしかな飢と
おぼろげな記憶の底の銃声と
そこからは消えていくもの音
草原ではありえぬ血の川の流れの
染められていく母なる大地の
腐臭にみちた夕焼けであれば
兄弟よ
あなたはそこで祈るしかないのか

ぞんぶんな飢餓の追いうちの
そこからは逃れえぬ人ら
夕日の後のともしびの
そこにはながれる賛美歌もなく
空に向けた終焉の声は
やがて地の底に沈むしかない
腐臭にみちた手足全身の最後の硬直を
兄弟よ　右に左にして
あなたはそれでもいいのか…

昭和四十五年四月十九日
「門」詩友会に載る。

御先祖様

祭壇の前で
重くるしい夜が明けそめていく
薄白い三方の裏側よ
祭ごとの秘めやかなからくりよ
押しやられた日常の白白しさの
更に、そこからは踏みこめぬ

林立する位牌の数数
耐えがたい呪文のなかにあって
まさに張り破ろうとする私のざわめきを
重くるしい先祖の目の祭ごとのように
見据えている私の三方
チロチロと燃える私の極刑えの火と
さまざまな怨嗟のなかで

やがて宙吊りにされていく
私の現実のそこからのがれようもない
夜が静かに明けそめていく

ガラス戸のきしむ音をたてないでおくれ
榊の葉の影にかくれて
人間の妄執を話さないでおくれ
私の両肩に釘をさしこまないでおくれ
御先祖様は
私を暗いところにひっぱりこまないでおくれ

昭和四十五年七月十六日
西日本新聞の読者文芸欄に載る。
「滝口武士様」選

蛇苺

あなた
私のふるさとに行って見てくれませんか
いまごろは蛇苺の実が
真赤に色づいていますよ
あなた

彼岸花の色が毒毒しいと言って
嫌われましたね
石橋の上から底を見るなって
その上から猫の子を投げ捨てたって
あれはあなた…みんな作り話ですよ
濡れた猫の子ではなくて
どこかの女の子だって
そう　人の話ですけどね

カボチャ畑で人が騒ぎだしたら
二、三日はその辺が臭かったですよ
青いまま潰れたカボチャが
たくさん捨ててましたからね
あなた
どうでしょう
私のふるさとに言って見てくれますか
絡みついたからといって
蛇苺の実を踏まないで

彼岸花の咲く道をちゃんと通って
あなた
私が狂いだすまえに
あなたは
きっと行って見てくれますね

昭和四十七年十月二十日
詩誌「燎原」の二十一号に載る。

夜汽車

小雪まじりの氷雨のなかを
音もなく夜汽車が行く
窓の外の闇の彼方のともしびと
つぎつぎに通り過ぎる駅の向こうの
終着駅には
ひえびえとした奈落の底が待っている

はるかな昔からの貧困という呪詛に喘ぎ
頭上の闇を押し退ける勇気もなく
負け犬さながらの左右前後の顔

駅で降りる人の足音は
気のせいかどたどたと早く
残った車内でそれを見る者は
終着駅えの不安をかきたてる

覗けばあの窓から絶望が見えて
冷たい粒子に濡れて浮かぶ瞬間の映像に
見あわせるおまえらの
溶けていく夜の顔だけ

顔が下にむけて重い
つい指さきでそこを撫で
ずり剥ける顔面の皮を
しかたがなく窓に張り付ける

どこまで行くのかわからぬような遠くを見詰める眼窩
の奥で
駆け抜けた走行に再びは戻れぬ
と悟った空洞が
窓の外の闇を見詰めて
しずかにひろがっていく

昭和四十八年二月五日
西日本新聞の読者文芸欄に載る。
「丸山豊様」選

川

終わりのない
終わりのない雨がふるさとを襲う
終わりのない終わりのない
苛立ちがふるさとの森を横切る
イチョウの木を切れ銀杏を拾うな

日陰に満ちて腹部の膨張したあの異常児を
川底から引き上げよ
終わりのない
終わりのないふるさとの祭りの夜に逃げろ
太鼓の音に追いかけられて
森のうしろの裂け目は
おまえらの命の裂け目

昼夜のべつなく
呻くように
ふるさとに川は流れる

ごうごうと音をたてて
濁り水が噴流するのを
このごろ石橋の上からじっと見詰める子供がふえて
終わりのない終わりのない
視界のなかのふるさとを消してしまえ
ざーざーとあれはその子を流した川だ
くねくねとあれはその子を担いで行った道だ
のんびり…と
ふるさとの山野はそれを見送ったままだ

終わりのない終わりのない
村の祭りの晩にあの子供らを追い掛けろ
誰も知らない森のうしろの裂け目は
おまえらの命の別れ目だ

昭和四十八年四月十日
詩誌「燎原」の二十二号に載る。

専用バー街

薄暗い照明のなかで
ひっそりと
踊りつづけるベトナム帰りのアメリカ兵
ビールの栓を踏みつけて
笑う女の肩を掴む三本の指が
その照明のなかでぼうっと浮かびあがる

ウイスキージンきな臭い硝煙の匂い
鼻さきをくすぐる女の匂い
薄暗い照明のなかのリズムが乱れ
テーブルの上のコップが飛び散る

扉のなかの怒号がひろがっていく
狂気のまえの
ベトナム帰りのアメリカ兵の
靴音が遠ざかる専用バー街

いつのまにかかわるトランペットの音色で
こんどはまたべつのアメリカ兵が
ひっそりと緩慢な踊りをつづける
足元はふらつき宙に浮く目を
ひょろひょろと周りにさまよわせながら
ときおりふう…と屈みこむ
そのとき二　三秒のあいだ
足元に向いた眼球の奥で何を見たのか
彼は立ち上がりかけて
そのまま蹲ってしまった
口のまわりに反吐が垂れだしていた

女たちは驚きもせず
二　三人でアメリカ兵を店の外に引き摺り出し鼻のさきに皺を寄せていた
どこからかまた怒号が聞こえる専用バー街の夜…

昭和四十八年五月七日
西日本新聞の読者文芸欄に載る。
「丸山豊様」選

危機感

音をさせて
音をさせても出てこない
緑につつまれて
やさしさが静かに村に氾濫する
危機感は私一人か？

告げるでもなく叫ぶでもなく
村がずるずると解体していく
責任者は私の冷たい視線だけ
喉に満ちた抵抗の声もなく
反復される危険の呼び声もなく
油の光彩が…ただひろがるだけ

一枚の絵も残さずに
断ち切られたふるさとの断面にも
村人はかすかに微笑みながら

まばたきの消える静止の…ときに
沈みゆく山野を映して
そのときあなたの双眸はどのように光る…

投げきれない視線を受けて
あるときは音もなく
あるときは音をたてて
やさしいはずの川が突如氾濫する
懐かしいような
両岸を削いでいく刃物のような
私の童心も切り刻まれるような

やさしさの川が今日も静かに
変貌を秘めて村を山野を流れる

意識とはべつの
（逃げきれないもどかしさ）に
二本の足が
ただ…もごもごと動くだけで…

昭和四十八年八月十八日
「門」詩友会に載る。

小石

でこぼこ道で小石を蹴ったら
軽い音がしてその下の溝え落ちた
足元からはるかな直線のかなたにまで
青い空が沈んで雲さえもなかった
乾いた道に沿うて
その影さえもなかった

コンクリートの長い長い縁があった
夏の日の昼下がり
ここにある小石の群れにかすかな悲哀が
あるのかないのか私にはわからない
失われたひとつの存在とみる私の
妄想か幻想?かになり
最後は笑われるのが落ちなのか
はるかに続く小石の群れは返事もない

昭和五十二年九月一日
詩誌「燎原」の二十九号に載る。

狼の道

いつの頃か
投げられたらしいバイブルの
金文字が剥げている
斑模様の忘れ雪の上で
教会の鐘が鳴る三月の終わりごろ

やっと探しあてた獣の道も
ユダの呻き声を聞きたいがためで
あと数滴のサタンの酒が欲しいと喚き
地面の上で四肢をふるわせて
そこにひろがる酒を
ただ這いつくばっても吸う男

いつの頃か
投げられたらしいバイブルの表紙は
その昔　私とサタンの爪で剥いだ
降りしきる雪のなかで

教会の鐘が震るえる二月の終わりごろ

やっと探しあてた狼の道も
ユダと同じその血が
自らにむかって奔流するおののきで
ふるえながらも
染めあげた雪の上の生臭く流れる血を
ただ這いつくばっても吸う女

いつの頃か
投げられたバイブルよりも

あと数滴の酒瓶に伸びた
私とサタンの手のどちらが早いか
刻まれた時の知るのは
未来でもない歳月でもないが
夢、幻の幻覚でもない私の道は
ただはっきりと目ざす狼えの道か
充分に舐めまわされ生臭さの残った
雪を蹴散らし
抜けがたい泥土を走る私の惑乱する魂に
瓦礫の音が後方から迫り
残酷な歳月の終わりを告げる鐘は

教会の塔を震わせてどのように鳴るか
痩身に陽射しを浴びて
その長びく余韻も耳を掠めず
ただまっしぐらに進む…
…しかない狼えの道か

昭和五十三年七月十日
詩誌「燎原」の三十二号に載る。

一枚の絵

あの世えと旅立ちましょう
自分の喪失のときを自分でつくりましょう
背景にあるものをすべて切り捨てて
削ぎ落とされて屹立する山容を
自らの手で描きましょう

一枚の絵の中で夕げの煙が流れて
遠景の山の雲と合流するとき
全体を壊すようなトーンがわきだっていき
不気味な最後の仕上げを暗示しています

そして
暗緑色の山脈みが迫ってくる背景の中で
今にも押し潰されそうな田園風景が
一人の人物像を包みこむとき
蒼白な人物像の顔面が近景の池の中から
模糊とした遠景に向けて歩きだします

そのときになって
配合する順序を間違えられた
絵の具の中の恐ろしい形態が
全体の構図を
際限もなく崩してしまうのです
だから
それに逆らって自分の喪失のときを
自分でつくりたいのです
堅牢な正確なデッサンで七色の虹の中に
私はどうしてもそれを
描き出したいのです

追悼集

病棟よりちょっとまし
　でも君の唇は窓に割れざくろ
君はいま屈強な若者の手で
　襁褓を当てられベッドの上で
閉じ込める閉じ込められた両極に
　交わす視線が火に油

正常に異常の触手ゆるゆると
　君の脳幹を襲う

窓の外の視界と内なる部屋で
　素手の凶器を振り翳す君

凝視する部屋の四隅の暗がりが
　君の妄想の棲か？かも

君は竹だがその果ては
　痴呆幻覚百鬼夜行の闇のなか

君はいま窓のガラスに唇を当て
　喉仏が激しく震う
食事水いっさいを受け付けぬ
　君のまなこの怪しい移ろい
底深く秘めたつもりがかいま見ゆ
　死出の旅路か闇の彼方か
いまわなる死の淵にても口を噤む
　君の深奥を探りてみたい

帰りたいと君の顔と目が肉薄する
　夢の最中の一瞬

綱渡り君と二人の遣り取りは
　綱が切れるか海原が下か

風そよぎ君の頬にも触れかしと
　施設の窓を開けに行きたし

とびとびでもいいから記憶が戻れ
　パズルパチパチ嵌め込むように

揺れ動くモニターのゼロ
　焼き付くがごとく妻の胸中を射る

君はいま長年の懊悩に
　苦汁がたらーりで炎の中

千言万語みょうとの片割れが聞く
　骨つぼからの夜半の悔

悔残す遺されし者の相対する
　夜半の声の凄まじさ

ひとり言

骨の髄抜かれしごと夫の死
　残った四肢をさてなんに使う

住み着いて住み着かれしや負とダニは
　眼窩の奥にもぞもぞと這う

睡眠不足はそのせいだって
　瞼の窪みも深くなるわけよ

目の奥の有象無象妄想が
　夜半を誘い脳中を巡る

いっそ頭が狂えばいい
　目の奥に断末魔が展開する夜

目が窪み異様に光る我がまなこ
　髑髏もどきと薄笑いする

頼むから匕首の刃よ
　喉から口の中を血で染めないでくれ

ペッと吐く唾よりも濃いコーヒー色
　白紙の上でミニ地図になる

生き抜いたはビードロの欠けらくらいで
　もう溶かされるまえの土壇場

青春は確かに生きたというだけで
　昆虫にも似たひそかな生存

死は渺茫と前面にあり
　背後の足元は踵すれすれ

ゆらゆらと羽毛の舞いや陽炎の
白壁に揺れる小さく大きく

夕暮れに庭木の影が黒黒と
有象無象の気配がふえる

雲流れ流れる雲を追う空に
階段が揺れ登りゆく画面

思い出は胸のなかの暗い回路を
とぼとぼと彷徨うに似たり

痛み苦しみオンパレード
列をなしてくるこの最終コース

もういいかげんにしてほしい老の継続を
断ち切るすべもなしか

胸中の懊悩消える梅雨空の
一点に浮かぶ白い雲

白鳥の夕陽に染まる群かなし
紺碧の海波立ちさわぐ

海かなし恋し怖さと波とどろ
　浸す両手に底無しの青

波頭泡立つ底のまた底に
　眠るやすらぎ恋しとぞ思う

しんとした深海の揺らぎに抱かれたい
　薄青い水底を揺れつ戻りつ

海水よ辛くもあろうが鼻にしむ
　甘露の水とかわらぬものか

砂を踏むすっすっというかすかな音が
海を背にする帰り道

海風の匂いはリュックにとんで
いまも脳裡を走る細い足

遠目の海も近寄るとそこは
愕然とする夢想と現実の差

鳥ないて己もないて昼下がり
ともにかなしいいきものどうし

人の身のかなし飛ぶ鳥の
空と自在にみえる友人関係

鳥さんよ悩みはないのか聞きたいと
視線を凝らす樹上の鳥え

梅雨空に電線の上の鴉よ
君の翼は濡れて重いのか

鳥が飛ぶ人も仲間で飛べるなら
この一瞬で鳥になろう

あとがき

人生でひと息つく四十代ごろになって急にペンを持ちたくなり、詩の同人誌などに通い始めたのですが、買いこんだ原稿紙もペンから屑入れに連続してほうりこまれ、無為の時間を浪費する毎日で、歳月はあっというまに過ぎました。

そのうちに書き溜めた詩もいくらかたまり、同人仲間のするように自分もと、自費出版を考えてブイツーソリューション様に出版を依頼しました。

自分一人の視線のさきが他人の視線のさきに分散する…しないなど、想像をふくらませる昨今です。

またそれに係わった方方に感謝します。

※著者の手書き原稿を親族の者がデータ化いたしました。手書き原稿のおもむきや、著者本人の人生の蓄積からうまれた言葉の数々に手を加えたくない意図があり、一部の表記揺れや仮名の使い方などは修正せずそのまま打ち込んであります。

白昼夢《はくちゅうむ》

二〇二一年十二月二十二日　初版第一刷発行

著　者　金子奈緒美

発行者　谷村勇輔

発行所　ブイツーソリューション
〒四六六・〇八四八
名古屋市昭和区長戸町四・四〇
電　話　〇五二・七九九・七三九一
FAX　〇五二・七九九・七九八四

発売元　星雲社（共同出版社・流通責任出版社）
〒一一二・〇〇〇五
東京都文京区水道一・三・三〇
電　話　〇三・三八六八・三二七五
FAX　〇三・三八六八・六五八八

印刷所　藤原印刷

万一、落丁乱丁のある場合は送料当社負担でお取替えいたします。ブイツーソリューション宛にお送りください。

ISBN 978-4-434-29778-6